歌集

光儀《すがた》

水原紫苑

砂子屋書房

*目次

装本・倉本　修

歌集

光儀《すがた》

光儀

海《あま》をとめ潜《かづ》き取るとふ忘れ貝世にも忘れじ妹が光儀《すがた》は

萬葉集巻十二

天地狂ふ一日《ひとひ》ののちを愛のみの裸形となれるひとの光儀《すがた》や

きさらぎやよひ

如月は生くべき月か鬼すらも雲雀を抱《だ》きて天に昇るを

きさらぎの凍れる橋を想ふかな鳥の道よりかなしきものを

わがうちの戀はこぼれて嚴寒のさくら稚葉《わかば》のそのくれなゐや

大蛇立ちて花の木となる幸《さきは》ひを人は知らじな愛でやまずとも

春の雪はげしき一日《ひとひ》閉ざされてあなしみじみと人となりぬる

あかときに生《あ》れたるわれや鶏鳴をつねたましひの奥処《おくが》に聴くも

死ののちは無なりと未だおもほえず春知るきみは咲きたまひけり

能よりも狂言さびしひたおもてさらすさくらは夢を見なくに

狭庭《さには》なる河津櫻ををろがみて行方も知らぬ狂《きやう》のみちかな

生《せい》こそが幻覚なれや海人《あま》の子の青き瞳をかの人は見き

こゐあぐる冬のくちなは眠りつつたましひ深くつらぬかれしか

叫びたる水仙とわれ石と化《な》り石の森には父母《ちちはは》在らず

沈みゆく船の上にて化粧《けはひ》せり沈む太陽は素顔のままぞ

誰《た》が眉の水平線かゆふぐれは念者のごとく紫匂ふ

生きて見む滅びの色もあらざらむ白虹《はっこう》立ちて胸を裂くまで

慰安婦のほとなる深き井戸の底ぬばたまの天黙《もだ》し在りしを

朝鮮人强制労働の記憶　九州にて

〈アイゴー〉の叫び聴きしとちちのみの父はいひしか炭鑛のまほら

皇軍の裔《すゑ》なりしこと原罪に等しきものかイエスはあらね

未生なるわれの瀆《けが》しし中國の少年あらむまた未生なる

戰爭と殺人のあはひ踏み外し谷に落ちけり玄牝《げんぴん》の門

かき鳴らせわれをと夢に言ひたまふ孔子ぞ琴《きん》の御身なりける

水瓶《すいびやう》をつと落としたるくわんおんに今し百濟の純白の夜や

生まざりし草のうつしみよこたへて若き彌勒《みろく》に御座たてまつる

一輪を生きよと告ぐるむなしさの空國《むなぐに》の春、花は滿てるも
殺むるほかの言の葉知らずひさかたの光の中に萬花白刃《ばんくわはくじん》

瀧つ瀬の心逸《はや》りを前《さき》の世ゆ花に傳ふるわれは何者

丹頂の鶴は食むべし眞珠《しらたま》は酢に溶かすべし泥のごと死ね

ちはやぶる神の嘔吐《たぐり》のさくらかな陽《ひ》に泡立てばやすからなくに

さくらばなおのれは知らず忘却の河にながるる水鏡はや

わだつみを覆ふなかれよさくらばな死者の呼吸のくるしきものを

み吉野のさくらわだつみ漕ぎいでし西行還《かへ》れ今うたひてよ

傀儡《くぐつ》らの踊り速まりふり向けば星の墓場の風凄きかも

笑ひつつ手など振りつつふたたびを春の彈道に乘るまじく候

水晶のさくらあらむか夜《よる》と霧のいや果てまでを咲かむとすらむ

舞ふさくらいつか炎となるものを知らで未生の罪に焼かるる

紅型の櫻文様みいづれば痛みは走る時のそびらに

母の兄、沖繩戰に死す。長女なりし母は戰後、失業したる元近衞士官の父を迎へて名も無き家を守る

沖繩戰なかりせばたまきはるわが生《あ》れざらましを死なざらましを

われ在らず沖繩戰なくヒロシマ・ナガサキ無き世界こそ在らまほしけれ

三島由紀夫『英靈の聲』

戰爭の鬼子われなり〈などて人となりたまひし〉とや羊水に聽く

象《かたち》あらぬ春の月見ゆ三月の十一日は分節され得ず

〈器官なき身體〉すなはちさくらなれアントナン・アルトーのくるしみ戀ふる日

銀河系ゆこぼれやまざるむらさきのわたくしやみの始原のさくら

無用なる存在われを生かしむる白犬〈さくら〉詩歌を悪《にく》む

落花枝にかへると見れば胡蝶かな　守武

落花なべて胡蝶なりせばさくらばな幾たび還《かへ》るいのちなるらむ

さくらばなとどまらざらむ憲法の恣意解釋のきりぎしに舞ふ

花々の幻聴はげし〈立ち上がれ〉とぞきこゆれば身を投げむとす

妄想のあふぎひらきて花を受く人生といふ客間に獨り

百千鳥《ももちどり》花戀ふるなか羞《やさ》しかる鷲の尾小《ち》さく高く去りゆく
今ここが常世なるべしなぐはしきうたびと去りてみなかへり來ぬ

左のつばさ

今まさに崩れゆきなむ國《くに》といふまぼろし見つつ何ぞ笑まるる

まぼろしは死せりこのまぼろしと呟きし翁稱《たた》へき女體と國家

戀ならで一生《ひとよ》貫く怨みこそかつて神たりし人を忘れじ

あやまたず地獄に落ちてかの死者と相見む無限回問はむ敗戰のこころ

いちにんの戰爭責任如何にとぞ代々木に問へばこゑのみどりや

當今《たうぎん》をリベラルといふ優しかる左のつばさ陽《ひ》に溶けずゐよ

藤 圭 子

藤圭子仰向けに落ちて死にたりと水仙の野に告ぐるこころよ

引き返すきみが死の息かく強き息もて吸はれゐたりしかなや

梓弓はるに引かれし死者たちのくちびる動く芽吹きかなしも

うつそみとふ水のふくろに薔薇飾《かざ》り運ばれゆかな宇宙舞踏會

ちらのみの父が乗りにし軍馬こそひた逢ひたけれなすな戀とや

月を犯す人間の深き欲望はとづるあたはぬ扇とならむ

斷腸の空

そらよりもみづを愛すと水鳥の聲ひびくなり斷腸《だんちやう》の空

濁流のきこゆる朝の青葉はや光の國にわれら生くるか

罪ふかき大和ことばの母の宮ゆのがれて異郷に死ぬべかりけり

竹　群

くつろぎて水月を見るくわんおんはくわんおんに在る御身を忘る

羽化したるばかりの蝶のみづいろのつばさくるしみ地を發てるはや

寂といふ一字聞こゆる山中の櫻のあはひ漂ひゆけり

竹群《たかむら》の竹いつしらに碧綠の星びとあまたわれは拒まる

射干《しやが》の花咲くところ戀は叶はずよただ夢にのみ見ゆらむとこそ

雪柳けむる昔はしろたへの衣重ねてひとに盗《と》られき

寺の庭しづまりたればまなこなる池に睫毛のごとき翳《かげ》さす

庭こそ夢か一木《ひとき》だに櫻なく曇りなき春へ墮ちゆくこころ

水邊

亡き父母がひそけき宴《うたげ》催せるあかときの夢に雲交らひき

鏡なる櫻は雨にひた濡れて水底《みなそこ》のわれを寫《うつ》すごとしも

ソプラノを狂女のこゑと聴きまがふあはれ心はきみにあづけし

病院に音楽を聴くくるしさはモーツァルト、春にきはまりにけり

たんぽぽは烈《はげ》しきはなぞひさかたの日の化身なる黄踏《きい》まれゆく

鏡より見知らぬ女あらはれて渾沌たるカレーを作りけるかも

テレーゼの法悦を見し少女の日還りたるごとくちびるひらく

白椿一輪となる世界はも貧しく死ぬる子らが蕊《しべ》なり

はなびらの流れ寄るところ愛執のふかき水鳥ためらひて去る

はなびらを掬ふをみなご眉うすく見出でけらしな金色《こんじき》の死魚

染井吉野の顔なき白き花映り戰爭は既に水邊《みづべ》に在りぬ

戀

夢にだに舞はざるきみとなりたまひ戀てふものはわれを捨てたり

ゴキブリの世紀

ますらをの君こそ母に在りけれと形見の櫻に櫻桃生《あ》れぬ

神たりし前《さき》の世ほとに勾玉《まがたま》を投げ入れられき 汝《なんち》 業平

一本《ひともと》の葱となりたるわたくしを道に置きたりをみなごのため

寶石《ほうせき》の雨に打たれて死なむとぞ紫陽花いへり立ち枯れのきみは

萬緑の中の紫責めらるるゆかりもあらぬ唯一神より

馬蹄形便器にわれを委ぬれば聲もえ立てず壓死《あつし》せり微天使

みずからの紙幣に署名したりける夏いまだ在り鏡碎けば

死はつねにアオリストなれソフィストの碧眼ながれ徳もながるる

『シュレーバー回想録』

あかねさすロゴスの果てのシュレーバー神宿すべく子宮を得たり

エクリチュール・フェミニンさあれ唐《から》といふ〈父の娘〉たりし紫式部

追悼谷川健一先生

露草の青見ぬままに別れしか海と陸《くが》との引き裂かれし日よ

わがかつて太陽なりしひさかたの天空貧しきライ麦畑

雨粒のことごとく神を知らざりき恍惚としてわれも降りにき

夜《よる》はわが犬と交はり父あらぬ紫水晶生みて去るはや

ヒトラーに肖《に》たる男に一飯《いっぱん》を乞はれ悩めりあかときやみを

巴里再見ありやなしとも橋々《はしばし》は脈打ちやまぬみづからが橋

プルースト讀みたる鼠ゆらぎつつ忘却の河渉りゆくかも

馬打たれニーチェ打たるる廣場にぞひそと息づく舗石《しきいし》のわれ

エジプトの女王の船の帆を染めし貝紫の貝の怨みや

死にたりし母の睫毛の褐色の未來に生きむ蜻蛉《せいれい》のくに
よそほひていづこに急ぐ雲ならむ没《お》つる日輪よりも迅《はや》きを

殺人の快樂《けらく》求むるをとめはや夏の氷室に切りいだすまりあ

さるすべり白き花咲き〈諸國民の公正と信義〉此處《ここ》にこそ在れ

踊り場に死せる科學者踊り場にしんじつ踊るカフカなりせば

心いま秋草の中忘られて女郎花の黄狂《きい》ふまで夜汽車

大いなる羊の前に跪《ひざまづ》きやがて囚はれの臓腑のさくら

白犬が母を生む時わたくしは未通のスピカ戀ひ死なむとも

銀色のレインコートと契りけり光源氏は雨の名前ぞ

狂言に狂人居らずゆふぐれにみどりご殺す天のくれなゐ

走り來し花野倒れて永遠に起き上がらざるビッグ・バン小僧

織月ゆ紐を垂らして待つといふ青き手紙よゴキブリの世紀

憂ひの嬰児

虚《おほぞら》ゆ扇《あふぎ》ふり來るあけぼのをアナーキストの女男《めを》も知りけむ

海のごと柘榴割れたりサッフォーの全《また》き詩在りし昨日は朱《あか》き

わが子らを殺《あや》めたるのち龍車にて金髪もゆるわれを知らゆな

稲妻のときのま見ゆる人面花紫《じんめんくわ》にして流涕《りうてい》せりけり

はなびらのごとくに咲《ひら》く銃弾を撃ち込まれたる悪魔を抱《いだ》け

戰争の女神は痩せておはします人肉供物隗《くわい》より始めよ

太陽をまねびて〈核〉を持つ星よ太陽は妬《ねた》む神とこそ知れ

石の森に石の花咲き石女《うまずめ》と石男《うまずを》踊りリア王笑ふ

くちなはの女男《めを》愛し合ひ生みたれば紺青の卵《らん》いでてかなしも

生きながらわが雙《さう》の耳、天界へ昇りけらしな雲は私語なす

虹生みしくちなはの母、一瞬のわが子を見むと鎌首反らす

信長のうなじ照らせる極光を光秀は見き攝理の外に

ユダヤびとスワンといへる白鳥に成り代はりしか黑鳥プルースト

シェイクスピアンソネット最後の脚韻を貴方の顔を踏むやうに踏みき

薔薇のふりし續けたれば灰《くわい》黄《くわう》の皮膚に棘生ゆリルケを追はな

夏草の繁る言の葉切り拂ひ切り拂ひつつ母に見《まみ》ゆる

眞實の母を探すと荒くれの松の肌へに身を添はすかも

鈴の音《ね》は耳底《じてい》をながれ黒翁水のほとりにわれを待たなむ

鏡よりその裏美《は》しき世を生きていにしへ逢瀬深かりしかも

昔賣《むかしう》りいかなる昔賣りに來む月光たりしわれと知らじな

ユルスナール花散里をゐがきしは夏の夜の鋭目《とめ》さあれ長夜《ながよ》は

たまかぎる仄かにわれを洗禮す 觀世壽夫《くわんぜひさを》といふ名の男瀧《をだき》

天國に羊を飼ふはさびしけれ羊はつばさもちて遊《あそ》ぶを

あづさゆみ春は逝かずも秋草の紫がくれに世を眺むはや

ほとならず腋《わき》の下より生《あ》れたまふ　ルンビニ―ルンビニ―ぬばたまを知らず

青迫る恐怖に雪を降らすかな結晶體のされどわたくし

人間と犬のあはひにちはやぶる神は几帳《きちやう》のごときを置けり

神病むとプディング持ちていでにしが白犬となりプディング食《た》ぶ

玉葱を炒めつつあるわたくしを神呼びたまふ玉葱は墓

パン種に囚はれたりや秋の日のパン焼き上がりははそは匂ふ

中國の翡翠の山の目に痛しちちのみの父のみどりのたましひ

玉散らむ夏の朝《あした》を抱《いだ》きたる少年死せり砂に焦がれて

天人の永き一生《ひとよ》のおそろしき夏は孕《はら》めり十三階段

逢ふたびにこころ荒《すさ》みゆくをとめごを潮騒と知り夏を憎みき

愛のかたち水のかたちの見え來たるここは長月嵯峨野にあらず

宇宙とはくちびるならめくれなゐのはたむらさきの氣を發すべく

三十まで螢を知らで在り經ればひかり容れざるわがうつそみは

うつそみの瀧を運べる病院に水仙病めりわれを呼ぶかも

あかねさす狂氣は隔てなきものをゆく波蒼《あを》くかへる波玄《くろ》し

生命のらせんかなしも幽閉のたれに逢ふべき螺旋階段

琉球を何度裏切りそらにみつ大和の罪は天に満ちたり

フクシマや山河草木鳥獣蟲魚砂ひとつぶまで選擧權あれ

銀河系議會の既にあやふきか暗き星々は僣主《せんしゅ》を戀へり

宇宙同時革命あらばアルトーとイエスはひとつの星とならむか

ドミートリー・カラマーゾフが十字架を背負ふ夜空ゆ經血ながる

父殺しわれに降りなむ夏の雪ふふめば甘き乳の香りや

母殺しわれはも樊かむさにづらふ櫻紅葉の無原罪の赤

神殺し羞《やさ》しきかなや桃畑《ももばたけ》の桃の目交《まなか》ひユダと交はる

一杯の紅茶をわれに賜《た》びたまへ底に見出でむ憂ひの嬰児

日月星

たまきはる命のきはみ送りたる日月星《じつげつせい》よ母・父・きみよ

春よりもなほ匂ひ立つ金色《こんじき》の河津櫻はきみが直面《ひためん》

葉をなべて落としたるきみたれよりもわれに近きを語るすべなし

直立の定め狂はぬゆふぐれを河津櫻のきみ歩みいづ

舞ふすなはち歩む不思議を幾たびもきみに問ひけり遊星のうへ

禁忌なる星の謠《うたひ》のきらめける天鼓を舞はむ獨りなりけり

つたなかる舞の納めにかざしたる扇《あふぎ》はきみが北斗七星

朱　扇

國家解體おもひみるかな領土なく國語なくただに〈言葉〉響きあふ水の星

秋といふ季節の外《ほか》にたまきはる松が立つなり色身われら

おほぞらは君が舞《ぶ》臺《たい》かわが袖を雁《かり》なきわたる亡《ばう》臆《おく》のこゑ

死は朱き扇《あふぎ》ひらかばうつそみのひらかれゆかむ戀よりふかく

みちのくの雪ははつかに灰さすと椿森より椿の言葉

伊勢の闇大和の光《かげ》を知らぬ身に鳥のひむがしつねにあたらし

永遠の非在者〈去《い》ぬ〉と契りたるよろこびは搖るるたましひの尾よ

伊　豆　山——観月歌會

吹きすさぶ野分のそびら實朝《さねとも》を殺めしとほき月のひかりよ

夢野

飛ぶ鳥のニジンスキーは人間をふかくおそれつ天のごとくに

病みつつも全《また》き狂ひを知らざるはヴァイオリンなき夢野のごとし

憎《にく》しみのダイヤモンドを光らせてわれに迫れよ〈時間〉の姫よ

妄想のゼリーは揺るるはつあきのはちみつ色のプルースト空間

喝采のごとくに狂氣訪れしヴィヴィアン・リーは皮膚を脱ぎたり

藍ふかきスキゾフレニアの海なればしばしとどまれ波の白刃《しらは》よ

貴女なりしか

山中智恵子の膝に抱《いだ》かれ眠りたり夢の中にも夢を見るかな

巻物のすなはち扇となるを見つ冥界に子を生みしとふ智恵子

神風伊勢に飛びまししはや六條御息所は貴女なりしか

「私は言葉だつた。私が思ひの嬰兒だつたことをどうして證すことができよう――」
（山中智恵子『みずかありなむ』）

思ひの嬰兒、海にあふるるそらに滿つ大和歌《やまとうた》こそ裏切るものを

歌枕

わすれずよまたわすれずよかはらやの下たくけぶりしたむせびつつ　藤原實方《さねかた》

忘れずよまた忘れずよ歌枕とこしへに見む水漬《みづ》く屍《かばね》の

阿武隈川

月光に紫は無きかなしみの源氏もことばわれもことばよ

接續法《せつぞくほう》朝《あさ》け戀ほしもはつかりのはつかにわれと別れゆくかな

巨人・葛原妙子わが逢ひえざりき
天才・山中智恵子、晩年妖にして怪たりき
妙子はた智恵子といへる荒魂の女人を容れて器《うつは》歓ぶ

優しく畏るべきうたびと

しんじつを病める渡辺松男いま存在すいまいまだみろくは

ひとは知るこの凄まじき野分はも夜半みちのくへゆかむとすらむ

きみに明日《あす》阿武隈川の溢るるをとどめたまへよきみ死者なれば

呪ふべきいくたり在りてたましひのほの明りせり　ジルベルト・ド・サンルー

秋天の涯《はて》なるイエス戀ふべくはわが身に生ふるすすきかるかや

白毛女さくらの眸翳《ひとみかげ》りつつ花を隔ててうたかたを見る

黄泉の黄《きい》はあかるし黄《き》のはだへ持つひとびとの照り映えゆくも

ヴェネツィアを知るや知らずやわが一生《ひとよ》ゴンドラ黒くたれに漕がるる

秋闌《た》けて散らぬ宮城野神の手に成れるヴェールを獨りかがふる

紫の雪ふり來ぬと見しものか小萩がもとにわれはちひさし

白萩のまなこに痛しひえびえと永訣の白をわが見てしより

紅葉《こうえふ》を待たで枯れゆく櫻の葉、野分ののちの心朽ちたり

星群るる空のさびしさ、天體と天體にもし愛在らばいや増す

盤渉《ばんしき》の樂《がく》の拍子をひたすらに習ひ習ひて死を領せむか

睫毛在る今宵の月のさやけさはうつむきて知るかの日のごとく

憂國忌

憂國忌知らで過ぐしぬ形見なる白玉ひとつ探しあへずも

憂ひこそ美《くは》しかりしか首ふたつ竝ぶるごとき歌遺しけり

生きて定家を書く道如何に斷たれしか定家の殘生怖れたりしか

天皇に憑かれし數多《あまた》とりわきて折口、三島、色ふかきかも

男色の紫ふかく紫の物語刺しつらぬくあはれ

見染めたるその日の三島を女弟子われに語らず過ぎまし師よ

三島由紀夫たをやめの名とおもふまでをみな闌《た》けたり生くべくあらぬ

〈うつくしか〉

漱石に正月野郎の罵言あり正月はそも狂ひの季《とき》か

薄氷《うすらひ》に轉《まろ》びかけたるかたはらに在りしはひとかひと戀ふ鬼か

〈うつくしか〉〈シャクラの花が〉〈かかしゃん〉と苦海淨土の毒はめぐれよ

樹

チューリップの花の頭《かうべ》の一段と大きくなりて夜《よる》を思惟すも

枝より枝の無限に生ひてひさかたの光を隠すいつぽんの樹よ

いづこまで空といふべきをさなごの逆立つ髪に靁《らい》やどりける

薔薇の中に帝國在りて資本ありくれなゐあはれひむがしの春

きつね妻さあれいとしき犬妻の白きがかたへもの書き沈む

雪ふれば古《ふ》りたる心あらはれぬ齋《ゆ》つ眞椿に祈れる女

梅とほくわれに來たりぬからごころかくも香るかいにしへにして

ひらがなを覺《おぼ》えそめたる少年と少年の部屋の鳥の子色は

まなざしをわれと合はせぬ少年の金色《きんいろ》の目よ神を見たる目

母います夜ごとの夢にあるときは殺人犯のわれ抱きたまふ

あかつきに覺むれば淸《きよ》き犬ねむり何のゆかりぞ人閒の世は

天に桃咲き匂ふらむひひなの日人形《ひとがた》生きよ愛せよとこそ

河原なるちひさき石の翔《はばた》きて空をゆくかも眞晝《まひる》の鳥は

少年は犬を知らずも白犬の柔毛《にこげ》さやぐを繪《え》のごとく見る

春雪に汚《よご》れたる街みにくきはいよよみにくき法悦といふ

河津櫻きみと思へば花よりもいとしかりつる枝のくれなゐ

雨の中に咲きたるきみを見にあゆむ心の庭ゆまことの庭へ

きみが枝にめじろとまれり蜜吸ひてめじろはきみと會話すらしも

わが死なばこの樹《き》はきみに非ざらむ白犬さくらはとこしへに花

直《ただ》に逢はず扇もて逢ふつたなくも舞へば満ち來るわがうちの君

人ほどもある蝸牛《かたつむり》雨の夜を訪ね來たれりいかに遊ばむ

若者の美しきとき星ふかく病むとぞおもふ鬱《うつ》のごときを

池水の氷を割りしをみなごを半世紀前〈われ〉と呼びたり

雨音と雨のちがひは精靈《せいれい》と人間なりや髪ぬるる夜を

はかなくて木の芽はるさめふるほどに花の外《ほか》なる花ぞ戀ひしき

梓弓春にきみなく雀らがひたぶる若くパン食《は》みにけり

三角形

おんがくを唯《ただ》おんがくを　紫陽花の四《よ》ひらと球《きう》の無限の開き

人間が蘭と等しき世界にて貝紫の心臓を賣る

いつしか、と書きつけて速き呼吸なり古《いにし》への姫はくるしくいざる

憎しみは愛より白き翼もつ寶石《ほうせき》の朝ひとにふれつつ

争《あらそ》ひを源《みなもと》とするたましひのかつてプシューケーと呼ばれし女

鴨の引く水脈《みを》の正しき三角形かく美しく死にゆくなかれ

信濃

わが父の生まれ日われは旅に在りコントラバス持てる少女の隣り

みすずかる信濃へ運ぶうつそみのみどりに染《し》むは布のごとしも

山藤《やまふぢ》のくらきに逢へば畏れつつその名問ふなり　カッサンドラぞ

たたなはる山々默《もだ》ししかすがに綠の差異のうちに在りけり

天龍川いまだもほそきみづの邊《へ》にゆらめくものか石のをとめら

水張田《みはりだ》に杜若咲き業平のまなこ閃くいまぞ忘れじ

山々のまなざしの中に育ちたる少年少女の繭のたましひ

みすずかる信濃の山に告白《こくはく》す人外《じんぐわい》の世を生きむとおもふ

富　士——題詠「富士山と動物」

富士を巻く蛇身をおもひ寝《い》ねがたきわれかも不死ゆとほく離《さか》りて

モナリザ

枯草の赤うつくしきみ冬なりモナリザのごと神はほほゑむ

ゆふぐれをあらそふ鴨のつばさよりフェルメール・ブルーこぼれいでたり

冬薔薇《さうび》白きを見れば虐殺のかへり來む世とおもほえなくに

林檎むくわが手神の手ひらひらと入れかはるらむ死刑執行

ひさかたの光の中に太陽の死をおもひみる人と生まれて

祖父《おほちち》の眞球《しらたま》探し當てたればわが魂は琴頭《ことがみ》に置け

白狼妃《はくらうひ》ビアンカ今し呼ばむとし指輪を回すわれを知らゆな

眞冬さへ咲《わら》ふ百合あり貧困を覆ひ隠さむ人の企《たく》みに

圓寂《ゑんじやく》を迎へむとする古典劇死者の瞼を閉づべく見たり

すめろぎは人にあらずと朝狩のうたびといへり　ダ・カーポはならぬ

ひらかるる鏡の痛みおもほへば鏡開きの餅《もちひ》の無言

黄金《わうごん》の果實の内に碁を打ちし少年二人相別れたり

荒馬と女かなしも馬こそは彼方へゆかむをみなの正身《むざね》

菩提樹の茶に浸されてうつそみのマドレーヌ再びイエスと契れ

長き長き語りのうちにひとたびも神を語らざるプルーストに眩暈《げんうん》せり

いのちとはアリアと想ふあかつきをつね二重唱のわれ目覺めつつ

夜を満たす處女《をとめ》の不眠はばたきて神より大き白鳥汝《なれ》は

〈エリーザベト〉ただ一言のきりぎしに靈と肉との分かれゆくかも

ともしびのごとき白犬揭《かか》げつつこの世かの世を渉らむとすも

二人称世界を生きて犬の名のさくらの春を現在とせよ

星宿を衣に染めて歩みたし天の紫知らむその日を

ヴェネツィアの沈む言葉を記しおく未だ知らざる抱擁のため

死は夢となに思ひけむ黒髪の水漬《みづ》きて越ゆる末の松山

神の聲聴けるをみなご轉《ころ》がりてパリのメトロの階段降《くだ》る

忘れてはまたよみがへる未來かな結晶のまま雪はふらなむ

荒天の冥《くら》さもて降りあやにくに純白を得る雪とは何ぞ

ふる雪のいや重《し》け吉事《よごと》呪ひこそかくきよらなれ血にふさふまで

雪の夜を迷ひ來たれる軍服のうら若き父はわれを知らずも

雪ふりつみ罪のおのれは音樂をたゆたふものを喪《うしな》ひにけり

救済《きうさい》はなきゆゑ神は遍《あまね》きか　凍れる雪の面をゆく鴉

將門

將門《まさかど》の首の飛びゆくきさらぎの空や匂ふと昨日《きぞ》は問ひにき

まぼろしの春をひさぐかあやかしの瀧夜叉もわれも父に憑かれて

舞踊『忍夜戀曲者《しのびよるこひはくせもの》（通稱將門）』の傾城實は將門女瀧夜叉《むすめたきやしゃ》姫

クロソウスキー讀みし日のあり雪の日の叛亂《はんらん》をのみ語りし父に

瀆神《とくしん》の言葉によりて狂ひけるバビロニア王、父ならましを

夜《よ》の梅の正身《むざね》に逢はでさまよへり父殺しなる幾たりのわれ

梅《むめ》といふ唐土の香よ革命はつひに來たらず波ぞ匂へる

周公《しうこう》を夢見ずなりぬと嗟《なげ》きける孔子に裔《すゑ》の在るさびしさや

怪力亂神語らざるべし春立つと椿は赤き唇ひらく

きみが椿きみが櫻と竝《なら》びつつステンドグラスのごときひかりよ

芽吹きたる櫻にふれつ死にたりしきみゆ離《さか》りしわがうつそみは

きみと見し北のくちなはその虹をわが知らぬ愛の言葉とおもひき

めつむりて扇《あふぎ》とならむひとときの再びあらばあはれわが死か

紫木蓮咲きたりといふソプラノにつづくバリトン絹まとふべし

仄青《ほのあを》きレモンを切らばあらはるる數學者《すうがくしや》とほき砂漠のひとぞ

狂氣の人々を乘せたり
阿呆船《あはうぶね》しんしんしんと航《ゆ》き月明のみづ碎くなりわれは碎かる

うつつより濁れる夢のくるしさはテーブルの脚に柔毛《にこげ》そよぐも

鳥は石と老人は笛と血はをとめごとをりをり變はる瞬間の魔よ

白犬を追ひて入りたる宮殿が全世界なりかがやき崩る

否、否のこゑ

彌生《やよひ》いまだ寒き死者たちわだつみは天につづくか否、否のこゑ

星老いて赤きを仰ぐこのいのち不死ならましかば見ざらましとよ

帰宅《きたく》すなはち解かれたるわがたましひは白きけものの形象を得つ

狂女いちにん

春は晝《ひる》を最もおそれよものの象《かたち》搖らめきいつか球體となる

投身の瞬間にしてわが歌を直したき思ひ來《く》べきや否や

金色《こんじき》の教會堂の圓屋根《まるやね》とひとつにならむ人類は今

鬱《うつ》を病む白鳥あらばはばたかぬつばさの内に星抱《いだ》くらむ

水仙の香をきくさへも忘れたり見出だされたる時のうねりに

プルーストゆ離《さか》らむとすれど鈴の音《ね》のたましひに入り止むべくもなし

きりぎしを背に立つ少女ひとたびはたれも見るべし名づけえぬもの

カフェ・オ・レを糧《かて》として書け　カフェ・オ・レは神にはあらね攝理に近し

虹と蛇といづれ美《くは》しき詩に似つつかぎりなくとほき散文想ふ

白犬は洗はれてなほ白深む春の無限のさざなみを見ず

汝《なれ》はわが薔薇窓なれば無原罪の生のかぎりをきらめけとこそ

東方の青年の死をみづからの心臓とせるエウローぺ妖し

教皇はなにゆゑつねに老いびとかみどりごにても愉《たの》しからむに

モーゼ若くキリストに通ふ面差しのヴェネツィア繪畫《くわいが》の聖なるたくみや

伊太利亜は未だふみも見ず橋掛《はしがかり》長きをゆかむ狂女いちにん

ヴァンサン・ジロー先生に

ふらんすの哲學者若く見上げたる花の梢にあらはるる顔《かほ》

母國語に刺しつらぬかれたるうつそみのかなしきかなや母なるファロス

銀河系最後の母もかく言はむSweet《スウィート》 Hamlet《ハムレット》許せかしとぞ

空海はいかに中國語を話ししや花投ぐるごときそのこゑおもほゆ

〈中國の夢〉とは何ぞ目覺めたる獅子は胡蝶に夢見られむを

戀ひ戀ひて蟲なりし世に唐土《もろこし》の月も見たりきまどかに朱《あか》し

片戀のすがしくもあるかりるゝけゝ讀む含羞の詩の折口信夫

追悼十八世中村勘三郎
十二世市川團十郎

歌舞伎びとの死を泣きたまふ折口の他界のなみだわれを濡らせり

折口信夫『かぶき讃』

美しき羽左衛門の孤獨眉間なる皺に見たまふ靑痣のひと

三たび見むそののちの櫻かぎろひに蛆《うじ》のごときがうごめかむかな

沖縄をいけにへとしてわれら在り大和の花はかく知るものを

いちはつの薄紫やひとはみな形代《かたしろ》にして戀はやさしも

黑聖母

黑聖母逢ふ日あらむか髪ほそくなりまさるまま星を宿すも

月見草をしへられたる夕あかり新たなる生をバルト言ひにき

遠花火しんじつの愛と思ふまでひとのいのちのとほざかりぬる

黒揚羽みどりなりけり萬物の湧き立つちから星の遊びに

わがこころ石なるゆふべ三様の遊びやうせる三羽の鴨よ

在る在らぬ知らず切りたる黄金《わうごん》のキーウィのうへ魂《たま》ぞかがよふ

こはれゆくちひさき國《くに》の窓邊にて果物食《た》ぶる終《つひ》の戀ゆゑ

夏の手紙いづれも白く閃光にかくも似たるを愛といはむか

空蟬の首飾りかけて逢ひたきは夏の女神を犯したるひと

傲然と聖杯に對《たい》すアングルの聖母眞圓にちかきその顔《かほ》

青の人

春日井建、山中智恵子、谷川健一
われを導きたまひしは青の人なりき

青の人みな死にゆきし世界にて紅葉《こうえふ》は不可視の神のごとくに

山のまなこ

あしびきの山のまなこの向く方《かた》にくるしきわれらの未來あるべし

共に見し山の黒百合はらはらと今を散るなり旋律きこゆ

山の湯の白緑《びやくろく》のいろ、遠ざかる神の足音、わが忘れめや

山の端の月の乙女に手紙書くやがて和泉と呼ばるるひとに

エレーヌ頌——グルナック先生に

エレーヌと初めて呼べり秋の野に白薔薇《しろさうび》咲き地球は巡る

ふらんすの巫女にありしか夢解きを願ひし折りにやさしかりける

ねむらざるきみを思へばこれの世のわれらのねむり空しきものを

バレリーナ目指しきみがかろがろと跳びえざりしよ生死《しやうじ》の境

プルースト讀みたまふ聲さやさやと宇宙の森のさやぎ永遠《とは》なる

太陽の葬儀

太陽の葬儀なるべし夏至といふ美しき名をもて飾りけり

みづからの輪郭ぼかす月在りてきみとわれとの境ひそけし

祖母《おほはは》の指輪を外し寄せ返す波のごときにふかく禮《ゐや》せり

折り折りの花珍しきを貴びし世阿彌の鋭目《とめ》や戀すまじくを

能樂の神聖受胎おそるべし『賀茂』の白羽の矢の直ぐに立つ

いつしらに消えにし牡丹清々《すがすが》し魔界に入りしか或るは佛界

スター――題詠

三船敏郎に寄す

菊千代は死なざるものを生と死をたれもたれもが雨に見まがふ

犠《にへ》

二匹より美《は》しき仔犬を選み來て伴侶となせり男《をのこ》らのごと

黑白《こくびやく》の世界に棲みてわが貌《かほ》をうすずみと見むわが犬さくら

うつし世に最も愛すと犬抱《いだ》き母の怒りを買ひたりし日よ

ははそはがわれに為せしを犬に為す愛もて魂《たま》を縛りゆくかも

をとめ犬さくらは父を慕ひしに父は汝《なんぢ》をおそれたりしぞ

いかならむ死も犬死にとおもへかし獨り神の死のみは知らず

＊

＊

＊

犧《にへ》として埋められし古代中國の犬たちよ地下より眞の革命を為せ

南中

ひさかたの天《あめ》のひかりに母在りや初日《はつひ》に在りやぬばたまの母

ちちのみの父はかなしも乳飲みのいとけなき父われに在らばや

あまたたび戀はせしかどわがひとはただひとりなり武惡《ぶあく》のひとよ

星宿のひとつ歌舞伎座南中すわれに満《み》ち來《く》る母いますとき

はるかなるふらんすの春《はる》白犬と訪ねたし汝《なれ》も母國を知らず

津《つ》の國《くに》の難波の春の夢のなか立ちつくす男つと抱《いだ》きたり

若　草——本歌取り題詠

本歌　射ゆ鹿《しし》をつなぐ川邊の若草の若くありきと我が思はなくに　齋明天皇

射ゆ鹿《しし》をつなぐ川邊の若草の若くくるしむ星の言葉よ

異形の夫人

冬澄めば鰤大根《ぶりだいこん》や死ののちも　辱《はづかし》め受くと立ちて言はむか

たましひを容るる花瓶の首細く薔薇一輪のみ生きてかがやく

幾たびも在りし青春、またしても訪れむかな老い初むる日を

年經たるこころのあかし浮舟と相知るわれと日々を想ふは

秋草のあはれを日本といひまし異形の夫人《ぶにん》も過ぎましはや

琉球弧

二〇〇九年九月二十六日
梅若玄祥『姨捨』京都にて

『姨捨《をばすて》』の後《のち》シテ來たりなま白き老女の面《おもて》、母生《あ》れし日や

母はその兄愛しやまずもなきがらの母に着せたる紫小袖

首撃たれ沖縄の壕に死にゆきし伯父よ皇居を守り居し父よ

フリージア植ゑにし伯父よ童貞のままに死にしか問へば香るも

袴着け謠の稽古に行くそびら直ぐなりにけむ妹は見つ

「當地には砂糖有るゆゑ紅茶の葉送り下され」終《つひ》の文《ふみ》なり

住民を壕より追ひて愛人とこもりたりとぞ皇軍上官

潔白を信じたりとも伯父もまた沖縄を傷《いた》めし大和のひとり

糸満の平和の礎《いしじ》に見出せるその名悔しも靖國にまた

戰爭を職業とせしちちのみの父はいくさにつひに出でずも

雪の日の叛亂に近衞を率《ゐ》て討つとすめろぎ宣《の》りしはとほからねども

「目を伏せよ」

さにづらふ近衛士官ら一目《ひとめ》だに后宮《きさいのみや》を拜す能はず

爆撃に臺盤所《だいばんどころ》吹き飛びて風に舞ひたるそのメニュウはや

本土決戦まことなりしか七月に千葉の師團に移されし父よ

人間となりたる神に放たれてよるべなかりしちちのみの父

わが生の源に在る戦争と天皇、父母の契りのごとくあやふし

戦争の正身《むざね》をわれとおもふとき自死ははつかに遠ざかりけり

老女なる母黄泉《よみ》にして青年の伯父に近づきくちづけ待てり

母すなはち櫻すなはち白犬すなはち鏡すなはち舞臺《ぶたい》

愛を知らず死を知らぬわれを待ちてゐしちちのみの父よみづから知らず

琉球の花織最後に買ひくれし母よ藤色はさんげの匂ひ

琉球弧、島をとびとび棲むハブの毒もて殺《あや》むべき〈日本〉か否か

あとがき

これは私の十冊目の歌集で、二〇〇九年十月から二〇一四年九月までの約四百首を収めました。十冊目とはいえ、そのうちの『世阿弥の墓』と『武悪のひとへ』は、共に百首ほどの主題制作なので、二〇〇九年の『さくらさねさし』に続く第八歌集です。制作順ではなく自由に配列しました。

この間、題名『光儀《すがた》』の一首が示すように、東日本大震災があり、それを契機に社会も大きく動きました。未来は全くわかりませんが、自分を裏切ることなく生きたいとだけ思います。

今回、山中智恵子さんについていろいろ御教示賜った田村雅之さんに初めて歌集を出していただき、田村さんと共に山中さんの歌集を長年手がけて来られた倉本修さんの装丁で本を作っていただけるのは、この上ない喜びです。

お二方並びに砂子屋書房の皆様、またさまざまに私を見守って下さる皆様に、厚く御礼申し上げます。

二〇一四年九月二十六日

水原紫苑

歌集　光儀　すがた

二〇一五年二月一日初版発行

著　者　水原紫苑

発行者　田村雅之

発行所　砂子屋書房
東京都千代田区内神田三―四―七（〒一〇一―〇〇四七）
電話　〇三―三二五六―四七〇八　振替　〇〇一三〇―二―九七六三一
URL http://www.sunagoya.com

印　刷　長野印刷商工株式会社

製　本　渋谷文泉閣